I0546739

Ye

22770

FRANCE

ET ROI

CRIS DE RÉVEIL

TOULOUSE

L. HÉBRAIL, DURAND & Cᵉ, LIBRAIRES-ÉDITEURS

5, RUE DE LA POMME, 5

1871

BIBLIOTHÈQUE NATIONALE R.F. IMPRIMÉS.

I

PLACE AU ROI

« La parole est à la France ; l'heure est à Dieu. »

Place à l'élu de Dieu ! cédez le pas au Roi !
Il est le droit vivant, la justice, la loi ;
Il est le vrai progrès, l'honneur dans la concorde,
La paix..... Et c'est par lui qu'en sa miséricorde,

De ce chaos sans fond de haines et d'erreurs,

Dieu veut nous retirer, après tant de malheurs !

Hommes de peu de foi, son drapeau vous effraie ?

Raffermissez vos cœurs ; le sentier qu'il nous fraie

(Dans un langage empreint de mâle loyauté,

Que lui seul peut tenir de par sa Royauté)

Remonte sans détours, du penchant des abîmes,

Aux plus pures clartés des éternelles cimes.

C'est là qu'il faut le suivre et se purifier,

Pour refaire la France et la glorifier ;

Car, la France est toujours l'indestructible glaive

Par lequel, ici-bas, Dieu veut que tout s'achève :

Et l'heure est à lui seul ! quand il l'ordonnera,

En triomphe éclatant la chute tournera ;

Reichsoffen et Sedan ne feront point obstacle

A ce que s'accomplisse un infaillible oracle.

Seulement, dans la boue où gît son étendard,

La Révolution aura perdu son dard ;

Et, malgré leurs obus, nos *vainqueurs à distance*,

Vaincus enfin, seront légers dans la balance

Où des peuples divers se pèsera le sort.

Luther fait *Légion* rentrera dans la mort.

En vain il massera ses nombreuses cohortes

En bouclier d'airain, de phalanges plus fortes

Le glaive foudroyant jusqu'au cœur l'atteindra,

Et le Moloch moderne à ses éclairs fondra ! !

Ainsi l'ordre moral au monde vain s'affirme !

Il prend ce que le siècle a cru le plus infirme,

Pour relever son peuple et poursuivre son plan.

A la France affaissée, il redonne l'élan ;

Et, par son grand hérault, qu'il prédestine au trône,

Des principes sauveurs lui fait la riche aumône.

O France ! ô ma patrie éteinte, éveille-toi

A ce cri magnanime, et reconnais ton Roi !

Ah ! l'heure est solennelle et l'avance loyale !

Entendis-tu jamais parole plus royale ?

Répare à cet appel tes malheurs inouïs :

Ce drapeau qu'il te rend, aimé de saint Louis,

Tu le reconnais bien, car c'est lui qui t'a faite

Une sous tes vieux Rois, de conquête en conquête;

Grande parmi tes sœurs jalouses à l'excès,

De tes destins féconds en importuns succès.

C'est sous lui que tu sus conquérir et te battre :

Et depuis Jeanne d'Arc, jusqu'au brave Henri quatre,

Depuis Louis XIV asservissant le Rhin,

Jusqu'à l'honnête-Roi vainqueur à Navarrin,

De l'Afrique soumise, à l'Espagne calmée.....

Il n'a fait que grandir ta grande renommée ! !

Et tu le renierais, quand le fils de tes preux

En te criant : Debout ! le déroule à tes yeux ?

Ah ! ressaisis plutôt l'emblême de ta gloire !

C'est lui qui sur toi-même assure ta victoire ;

C'est lui qui va t'ouvrir des horizons nouveaux.

Il n'abrita jamais le fer de tes bourreaux ;

Et, s'il connut parfois les revers de la guerre,

Tu pus dire, en voyant sa vaillante lanière

En imposer encore à l'ennemi vainqueur :

« Enfants, tout est perdu ; tout, excepté l'honneur ! »

Hélas ! qu'est devenu ce vieil honneur, ô France ?

Qui te rendra la foi, l'amour et l'espérance,

Auguste diadème à ton front arraché ?

Dans la fange et le sang, ils te l'avaient caché ;

Et voilà qu'une main, d'en haut prédestinée,

L'en retire et le met sur ta tête inclinée.

Allons ! relève-la ! ton appui t'est rendu !

C'est l'heure du réveil quarante ans attendu ;

Vois, Rome vous regarde et gémit dans ses chaînes !

A vous de délivrer cette Reine des Reines ;

Remettez, de concert, toute chose en son lieu ;...

La parole est à toi, si l'heure n'est qu'à Dieu !

20 Juillet 1871.

II

ÉCHEC AU ROI

BOUTADE AUX SEIZE.

« Alea jacta est! »

Echec au Roi, Messieurs ?. ! courons à la rescousse ;
Il a pris les devants et met tout en émoi.
Par son panache blanc ! C'est bien lui qui les pousse,
Et, du coup, la cabale est en plein désarroi.

Voilà donc notre chef! France, on t'avait trompée.

Tu vois que ses pareils ne forlignent jamais ;

Qu'ils ne font jamais blanc de leur loyale épée ,

Et qu'ils ont tête et cœur, comme le Béarnais.

Et songer qu'à lui seul il a mené l'affaire ! !

Avec vous, Messeigneurs, j'en suis déconcerté :

Mais la France applaudit et ne s'occupe guère

Que du sombre avenir, sans pleurer La Ferté.

La France, grâce au Roi, vient de l'échapper belle !

Doutera-t-elle encor que, lorsqu'il a dit : Non,

Il a peu de souci qu'on se montre rebelle,

Et ne romprait pas, même en face du canon ?

Ils pensaient le réduire aux médiocres tailles,

Ignorant qu'il saurait se redresser à point ;

Qu'il portait, cuirassé sous sa cotte de mailles,

Comme lui, d'une pièce, un solide pourpoint.

Quel coup de dé royal ! ! Sa vaillante droiture

Avec l'honneur jamais n'a su capituler.

Lorsque de son épée il boucle la ceinture,

C'est, en Bourbon qu'il est, pour ne pas reculer.

Et voilà comme, en France, il vous faut des monarques !

Arrière les trembleurs, et bannières au vent !

Pour Chambord, la journée est sa bataille d'Arques ;

Pour vous l'échec, Messieurs ! — En avant ! en avant !

27 Juillet 1871.

III

LE RETOUR

« Madame, votre fils est mon Roi ! »

Sire, qu'avec transport la France vous acclame !
Votre grande parole est allée en son âme :
Elle va rompre, enfin, avec les factions.
N'a-t-elle pas assez des révolutions ?..

— Peut-être, dites-vous : sait-elle se connaître ?

« Mais, si jamais la France à l'ordre doit renaître,

« Moi seul puis rallier à mon panache blanc

« Les partis ennemis qui déchirent son flanc. »

Ah ! si tel est l'arrêt divin que rien ne change,

Sire, avancez pour nous l'heure de votre archange !

Celui qui déjoua le poignard assassin

Mènera, je le sais, le grand œuvre à sa fin ;

Car, pour y présider, il vous a, par avance,

Elevé dans l'exil, mûri dans la constance,

Enrichi d'un cœur pur aux épreuves rompu,

Qu'ambition ni sens n'ont jamais corrompu.

Mais ces rares trésors dont il vous fit largesse,

Que sont-ils à l'état d'idéale sagesse ?

N'en devez-vous pas compte à l'auteur du bienfait,

Sire ? est-ce donc ainsi que César nous parlait ?

La vérité, le droit sont donc la grande force ?

De ce royal appel en nous jetant l'amorce,

Vous ravissez les cœurs par tant de loyauté,

Et votre politique est toute honnèteté.

Quel mot et quel scandale à l'époque où nous sommes !

L'honnête n'est-il pas en risée à ces hommes

Pour qui tout se résume en habile savoir,

Et que l'on fait sourire au seul nom de devoir ?

Dévouement ou devoir, c'est donc là votre culte :

Vous ne réservez pas de question occulte :

Autant l'âme est sereine, autant le cœur ouvert ;

Vous allez droit au but et le front découvert ;

Et, dussiez-vous la perdre, avant votre couronne

Vous mettez votre honneur dont ne doute personne !

Sire, je vous bénis de ce loyal dessein !

Depuis quatre-vingts ans, le poignard dans le sein,

La France sent couler sa généreuse artère ;

De son sang le plus pur elle inonde la terre,

Espérant du progrès féconder les sillons ;....

Mais, il n'en a surgi que révolte, haillons,

Doute, orgueil, appétit des choses les plus viles.....

Et toutes les horreurs des discordes civiles !

———————

France, ce fut alors, au moment où Paris,

Par l'éclat des obus soudainement surpris,

Semblait au feu voué, moderne Pentapole,

Qu'à l'Europe sans voix, une auguste parole

Adressait de l'exil ses indignations,

Osant mettre la Prusse au ban des nations.

Seule elle protesta !! C'est bien toujours la même,

Grande, saine, sans fard, digne du diadème

Qui ne sépare pas le peuple de son Roi,

Quand il s'agit d'outrage ou d'édicter la loi.

Combien n'eût-elle pas conjuré de désastres,

Empêché de forfaits, arcbouté de pilastres,

Portant du vieux Paris les siècles glorieux,

Si, de le rappeler saintement soucieux,

Nous eussions fait du Roi l'égide de la France?

C'eût été de grands maux prévenir la souffrance;

Eviter des périls qu'on osait affronter,

Et réduire Paris, mais sans le dévaster.

A ce ressouvenir notre sein se soulève !!

Mais, surtout, de quel poids, France, eût été son glaive

Dans l'odieux plateau qui dévore tant d'or,

S'il eût du balancier pu modérer l'essor ? ?...

Et lui seul le pouvait, le loyal gentilhomme,

Entre tous ces grands Rois plus grand Roi sans royaume !

Absent de la Patrie, il reste son tuteur :

Sa voix seule s'entend dans l'Europe en stupeur ;

Et, lorsqu'ont expiré d'intestines batailles,

Emu de tous nos maux jusqu'au fond des entrailles,

De Chambord où la France autrefois l'a nourri,

A la France abattue, il a jeté ce cri :

« Parricides enfants d'une mère aveuglée,

« Echappés tout sanglants à l'affreuse mêlée

« Dont Paris a subi la honte et la fureur,

« Laissez-moi vous remettre au chemin de l'honneur !

« Henri IV second ne vient pas vous surprendre :

« Ce qu'on vous a ravi, je puis seul vous le rendre ;

« Ce qu'on vous a promis, seul je puis le tenir :

« Me voici ; mon passé garantit l'avenir.

« De cent Rois, mes aïeux, je suis la mère-tige ;

« C'est d'eux que, si j'en ai, je tire mon prestige,

« Mon sang, mes droits, surtout mes imposants devoirs :

« Me voici ; j'en appelle à tous vos bon vouloirs

« (Car, pour moi, je n'ai rien qui ne vous appartienne.

« Se peut-il qu'un ombrage encore vous retienne ?

BIBLIOTHÈQUE NATIONALE — R. F.

« Croyez-moi, sans efforts, par le seul ascendant

« De mes droits reconnus et Dieu nous secondant,

« Nous allons recouvrer d'une main souveraine

« Et notre fière Alsace et la chère Lorraine.

« Je viens de notre époque élever l'horizon.

« Ma force est mon principe et non plus le canon.

« Mon étendard, la paix qui refait les ruines

« (Bien que victorieux il flottât à Bouvines),

« Celui de Jeanne d'Arc, celui que saint Louis

« Portait à la Massoure, et dont les fleurs de lys

« A l'Orient chrétien font chérir notre gloire.

« C'est l'emblême sans tache, aimé de la victoire :

« Il brûle d'être mis en vos vaillantes mains,

« Pour reprendre le cours des suprêmes desseins.

« C'est lui qu'à mon berceau me légua Henri quatre,

« Qui l'abrita dix ans et que put seule abattre

« Une aveugle révolte et non pas l'ennemi.

« Le voilà ! ! quarante ans dans ses plis j'ai dormi !

« Je le rapporte enfin, pur de toute souillure.

« Symbole de valeur, de paix et de droiture,

« L'ordre, la liberté, sous lui vont refleurir !.....

« A son ombre avec vous, je veux vivre et mourir. »

Sire, qu'avec transport la France vous acclame !

Vous lui rendez l'honneur, c'est lui rendre son âme.

Le drapeau blanc l'arrache aux mains des factions.

Votre règne aura clos nos révolutions.

25 Juillet 1871.

———

IV

DIEU LE VEUT !

« *Quia si cognovisses et tu !... nunc*
« *autem, abscondita sunt ab oculis tuis !* »

Se peut-il qu'à ce point, malheureuse Patrie,
Tu t'immoles sans trève à ton idolâtrie ?
Où peuvent aboutir ces funestes retards ?
Vas-tu courir encor la bague des hasards ;

Du Dieu qui te châtie irriter la justice ;

Et garder, malgré tout, le bord du précipice ?

Ah ! si tu connaissais l'inestimable don

Que t'a fait son amour prêt à dire : pardon ;

Si tu voulais goûter au miel de cette offrande ;....

Que tu serais heureuse et consolée et grande ! !

Mais, plus de l'ouragan le flot monte et grossit,

Plus sur tes yeux troublés le voile s'épaissit.

A tes pieds frémissants bouillonne encor la lave,

Et tu rêves sans fin, de la peur d'être esclave.

Pour fuir d'abus éteints le spectre redouté,

Au dernier parvenu tu vends ta liberté.

Ne sauras-tu jamais en user en majeure ?

Vas-tu renouveler l'épreuve qui te leurre ?

Captée incessamment par d'habiles discours,

Vas-tu d'essais navrants reprendre encor le cours ?

Depuis bientôt un siècle, exploitée, amoindrie,

De tes égarements tu n'es donc pas guérie ?

Où t'arrêteras-tu, pauvre France aux abois,

Avant de retourner à tes antiques lois,

A tes Rois paternels, dont la douce tutelle

Te fit si redoutable et si grande et si belle ?

Ah! quand leur noble fils prêt à te revenir,

T'assure la concorde et la gloire à venir;

Quand, par lui, je te vois à toi-même rendue,

Faudra-t-il que l'orgueil encore t'ait perdue?

N'as-tu pas dans l'histoire un chapitre assez noir;

Voudras-tu que tout passe à l'affreux laminoir?

Insensée! où cours-tu faire d'autres victimes?

Tu veux donc explorer l'abîme des abîmes!!...

Reviens à toi, reviens à Dieu trop oublié!

Aux éternels desseins ton destin est lié.

Entends la voix terrible et douce qui t'appelle:

Ingrate! trop longtemps tu lui fus infidèle.

Quand il t'ouvre les bras, cède à ton repentir:

Tous tes espoirs détruits, il va les rebâtir.

Il va te redonner, après ce long supplice,

Ton audace et l'honneur pour rentrer dans la lice

Où la force ne peut avoir le dernier mot.

Dieu saura déjouer les trames d'Astaroth!

Mais pour te relever, de son cœur fille élue,

Il veut qu'à l'implorer tu te sois résolue;

Et que, faisant liesse au fils de tes vieux Rois,

Tu t'élèves enfin sur l'antique pavois ;

Proclame avec amour ce CHEF HÉRÉDITAIRE !

De tes droits les plus chers fais-le dépositaire :

En ses loyales mains, plus de risque à courir,

France aimée ! et lauriers et lys vont refleurir !

2 août 1871.

FIN.

Toulouse, Imprimerie Hébrail, Durand et Comp.

www.ingramcontent.com/pod-product-compliance
Lightning Source LLC
Chambersburg PA
CBHW061736180626
46818CB00006B/2652